高寶書版集團
gobooks.com.tw

RR 014
小王子電影書　情深版
Le Petit Prince

原　　著　安東尼‧聖修伯里（Antoine de Saint-Exupéry）
譯　　者　賈翊君
編　　輯　林俶萍
校　　對　李思佳‧林俶萍
排　　版　趙小芳
封面設計　林政嘉

發 行 人　朱凱蕾
出　　版　英屬維京群島商高寶國際有限公司台灣分公司
　　　　　Global Group Holdings, Ltd.
地　　址　台北市內湖區洲子街88號3樓
網　　址　gobooks.com.tw
電　　話　(02) 27992788
電　　郵　readers@gobooks.com.tw（讀者服務部）
　　　　　pr@gobooks.com.tw（公關諮詢部）
傳　　真　出版部 (02) 27990909　行銷部 (02) 27993088
郵政劃撥　19394552
戶　　名　英屬維京群島商高寶國際有限公司台灣分公司
發　　行　希代多媒體書版股份有限公司/Printed in Taiwan
初版日期　2015年10月

The Little Prince
Credits
ON ANIMATION STUDIOS PRESENTS "THE LITTLE PRINCE"
BASED ON "LE PETIT PRINCE" BY ANTOINE DE SAINT-EXUPERY
MUSIC BY HANS ZIMMER & RICHARD HARVEY FEATURING CAMILLE
LINE PRODUCERS JEAN-BERNARD MARINOT CAMILLE CELLUCCI
EXECUTIVE PRODUCERS JINKO GOTOH MARK OSBORNE
COPRODUCER ANDREA OCCHIPINTI
PRODUCED BY ATON SOUMACHE DIMITRI RASSAM ALEXIS VONARB
A ORANGE STUDIO LPPTV M6 FILMS LUCKY RED COPRODUCTION
INTERNATIONAL SALES ORANGE STUDIO WILD BUNCH
HEAD OF STORY BOB PERSICHETTI
ORIGINAL SCREENPLAY BY IRENA BRIGNULL & BOB PERSICHETTI
DIRECTED BY MARK OSBORNE
Based on the movie « The Little Prince » directed by Mark Osborne
©2015 – LPPTV – Little Princess – On Ent. – Orange Studio – M6 films – Lucky Red

國家圖書館出版品預行編目(CIP)資料

小王子電影書　情深版 / 聖修伯里（Antoine de
Saint-Exupéry）著；賈翊君 譯. – 初版. –
臺北市：高寶國際出版：希代多媒體發行. 2015.10
　面；　公分. – (Retime; RR 014)
譯自：Le Petit Prince
ISBN 978-986-361-222-3(精裝)

876.57　　　　　　　　　　　104020489

Le Petit Prince

今天是暑假的第一天。一位小女孩跟著她的媽媽，搬進了一棟方方正正的白色新房子，這間房子和社區裡的所有房子長得一模一樣。但嚴格說來，並不是所有的房子都一樣。就在隔壁，有一棟稀奇古怪、五顏六色的老房子，看起來像是花朵和鳥兒的天堂。

在這個非常嚴肅的世界裡，一切都經過計算、測量和計畫，小女孩必須要達到一定的水準，才能在人生中獲得勝利。她的媽媽為了幫助她，制訂出一套「人生計畫」。

　　在這個計畫裡，一切全設定好了，精確到每分鐘都做了安排。還好有了這個偉大的程序表，小女孩可以很明確地知道自己在一天中的每一刻該做什麼：什麼時候刷牙、穿衣服、讀書、吃飯、睡覺，甚至慶祝生日。她的媽媽就要去上班了，她完全信任自己的小女兒，覺得她很懂事，而且將來會變成一個完美的大人。

　媽才出門，小女孩便依計畫專心讀書。就在此時，卻有一架紙飛機降落在她的書桌上！她緩緩地攤開那張發黃的紙張，發現上面有一個金髮小男孩的畫像，還有一個奇妙故事的開頭：很久很久以前，有一位小王子，他住在一個比他自己大不了多少的星球上，他需要一個朋友……她驚訝地望了窗戶一眼，看見一位戴著飛行帽的老先生，待在隔壁房子的屋頂上，正在對她微笑。她趕緊拉上窗簾，然後繼續閱讀。當我還是孩子的時候，沒有人看懂我的圖畫。長大後，我學會了開飛機。我避免和那些太過通情達理的大人們說話。於是我便這樣孤獨地過日子，直到有一次在撒哈拉沙漠中遇到飛機故障。早上，一個細小的聲音把我喚醒，問我：「麻煩您……畫一隻綿羊給我！」

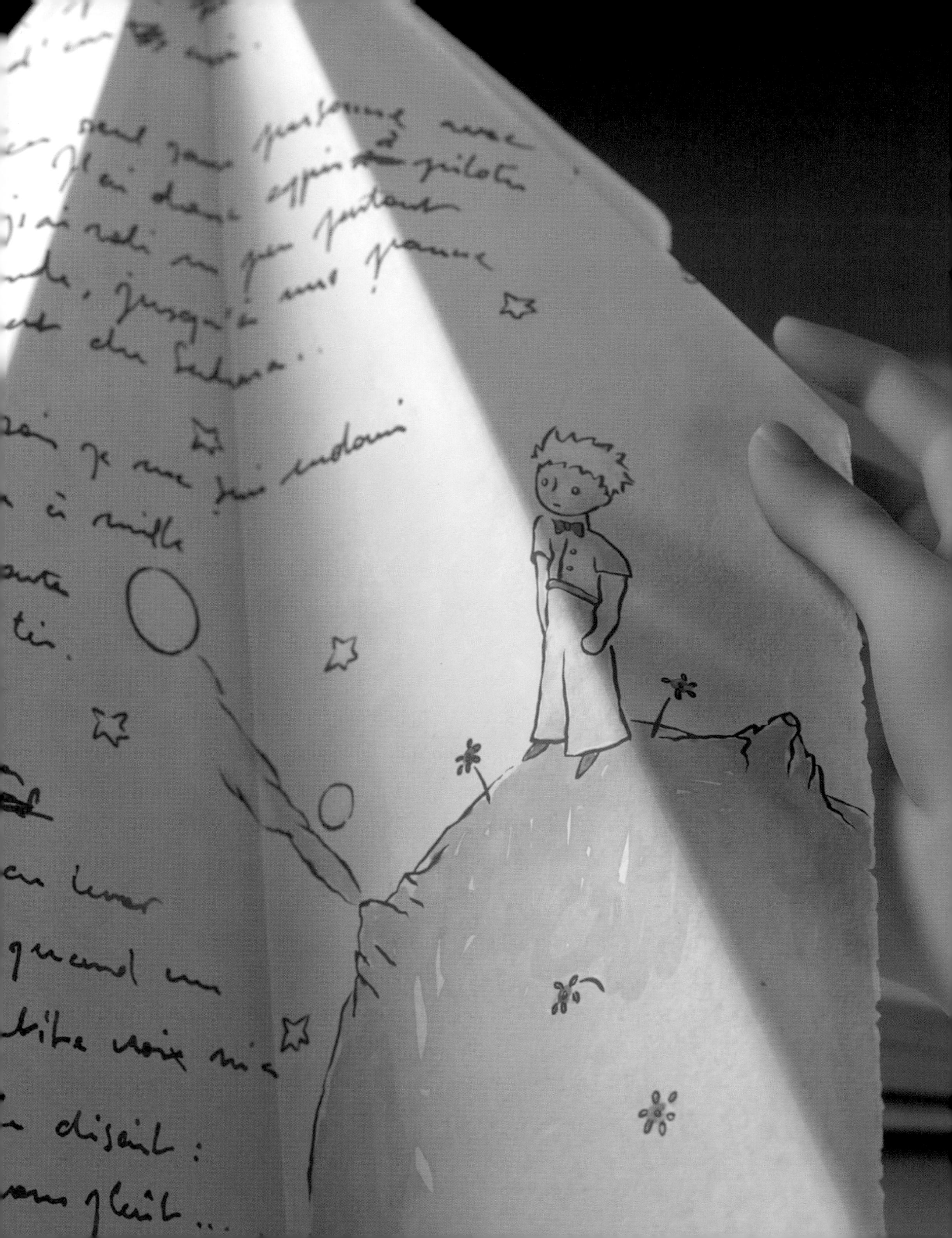

★ 第二天，小女孩抗拒不了好奇心：她從圍籬上的一個洞鑽進了這位奇特鄰居的家。迎接她的是一個滿是蝴蝶、花朵和野草的迷人庭院，其中還藏著一架被拆得七零八落的老爺飛機。那位埋頭修理引擎的飛行員突然站直了身子，啟動了降落傘的開關。兩位鄰居望著頭上色彩繽紛的降落傘，像老朋友般地噗哧大笑。

「我想把您的這張圖畫還給您。」小女孩對他說。

「妳不喜歡這張圖畫嗎？」

「喔，我喜歡啊！可是這個故事很奇怪，一位小王子孤單地待

在沙漠中……他真的是來自於另一個星球嗎？」

「一個迷你的星球，B612 號小行星。而且，他想要一隻綿羊，

這證明他確實存在，不是嗎？來吧，我給妳看看其他的圖畫。」

小女孩不安地看了看自己的手表。家裡的人生計畫在

等著她呢，然而她還是跟著飛行員走了。只是在人生計

畫中沒有排時間做這件事罷了。

★ 屋 子裡，飛行員長長一輩子中蒐集到的各種紀念品堆放在各個角落。在這個棒極了的舊貨攤當中，小女孩發現了一隻絨毛玩具狐狸，看似會開口說話。太陽要開始落下時，飛行員繼續說著他的故事。

「小王子很喜歡日落。有一天，他看了四十四次日落：他的星球是那麼的小，只要把椅子拉個幾步遠就行了。 話說回來……只有在處理完猴麵包樹之後，才能看日落。」

「猴麵包樹？」

「那是一種很可怕的樹！小王子每天都必須要拔掉它們，否則就會有讓它們把星球弄到爆掉的風險。也就是因為這樣，他才會需要一隻綿羊，為了要讓綿羊吃掉猴麵包樹的苗……好在，也會有一些好的種籽落在他的星球上。妳來看就知道了……」飛行員這樣告訴她，然後要小女孩坐上一個很古怪的升降器。

★ 太陽落下，小女孩把那隻狐狸緊抱在懷裡，聽著飛行員講故事。有天，一顆不知道從哪兒飄來的種籽發了芽。這棵嫩芽看起來和其他的長得很不一樣，小王子期待著會有某種奇蹟出現，同時密切地監視著這枝嫩芽。嫩芽神祕地裝扮，持續了幾天又幾天，然後有天早上，「您真是美麗啊！」小王子讚嘆說道。「不是嗎？」那朵玫瑰回答。「我是和太陽一起誕生的。」她很美麗卻很愛慕虛榮。她希望小王子夠保護她的美麗。於是，每天晚上，他都用一個球形玻璃罩把花朵覆蓋起來。他們彼此相愛，可是他們都太年輕了。於是，滿腹疑惑的小王子便由遷徙的鳥載著出走了。

「他去了哪裡？」小女孩問道。

「妳看，星星出來了。天氣好的日子裡，若是專注地聆聽，我就可以聽見他在上面的笑聲……」

★ 這 天晚上，小女孩的媽媽回家後非常生氣，
因為她的進度落後。在人生計畫的嚴肅灰
色世界裡，是沒有位置可以留給朋友的。第二天
一早，小女孩就跑去找飛行員尋求安慰。

「大人真的很奇怪，」她向他吐露心事。
「我再也不確定自己想要長大了。」

「問題並不是出在長大，而是出在忘記自己
曾經是個小孩。」飛行員回答她。

「妳想聽後面的故事嗎？」

「喔，想啊！」

「在走了很久的路之後，小王子遇見了狐
狸，並且請狐狸和他玩。狐狸一開始並沒有答
應，因為他沒有被馴服。」

「『馴服』是什麼意思？」

「意思就是『建立關係』。」

完全就像小王子那樣，飛行員也很愛玩。他
提議小女孩和他一起玩一種很神奇的顏料：螢光
顏料！

 連好幾天，兩個朋友都在玩耍、歡笑、爬樹、觀察螞蟻，放
風箏……一天下午，他們甚至決定瘋狂出遊，坐上飛行員那
輛老爺車，想要出發去吃可麗餅！只是他並沒有駕駛執照……於是
警察便把他們送回家。

「妳對我說謊！」媽媽非常憤怒的罵道，「妳甚至還對妳的人生計畫說謊！」

「妳關心人生計畫更勝於對我的關心！」小女孩回答，「妳永遠都在工作！」

可是媽媽不明白，對她來說，人生計畫是很重要的。小女孩受到處罰，她再也不能去飛行員家了。她又回到書桌前，心情鬱悶地看起書來。直到那天早上，她發現有件禮物和一個只插了一根蠟燭的小蛋糕，在廚房的餐桌上等她。媽媽已經出門了。如預期的那樣，媽媽在人生計畫上祝她生日快樂。只是沒有人在這裡和她一起過生日……

★ 小女孩寧可再違背一次媽媽的規定。她去找飛行員。奇怪的是，他看似急著要和她講完故事的結局。我終於修好了我的飛機，就要回家去了。小王子也一樣，他想回去找他的玫瑰。我看到他在和蛇說話。那隻奇怪的生物答應他，萬一哪天他太想念他的星球時，牠會幫他。離開的時刻到了。在我們分手之前，小王子對我說：「我會住在那些星星的其中一顆上。當你望著天空時，你就會聽見我的笑聲，然後我就會與你同在。」

小女孩一點也不喜歡這個結局。

「那他現在和他的玫瑰一起在上面嘍？你確定嗎？要是他一個人孤伶伶地又迷了路，怎麼辦？萬一他長大了，而且什麼都忘記了呢？」

她哽咽，沒等到他回話，就像一陣風似地跑開了。

第二天，天空很悲傷。老飛行員覺得身體不舒服，於是一輛救護車過來把他載去醫院。小女孩絕望地想要追上她的朋友……卻是徒勞，她沒能見到他。當天夜裡，她做了一個決定：她要去找到小王子。飛行員需要他。她打開窗戶，沿著被風吹得搖搖晃晃的排水管悄悄地溜到隔壁，落在院子裡那架飛機旁。快啊，她爬上飛機的駕駛座，按下所有按鈕，推動操縱桿……什麼事也沒發生！突然間，機關開始運作，圍牆落下……小女孩閉上眼睛，隨即就飛上了一片沒有星星的天空。

在這個墨黑的夜裡，只有一顆星星在遠方閃爍：那是一個滿是摩天大樓的星球。小女孩看到某棟摩天大樓的屋頂上，有一個綠色和黃色的身影。小王子！她馬上乒乒乓乓地降落在一輛公車上，然後衝進一群比煙灰還要更灰的大人當中。他就在那裡。可是他變了那麼多……他變成一位大人了！

「我是王子先生。」他聲明道，手上拿著一根掃把。

「不對，您是小王子！您認識一位飛行員！您有一隻綿羊！您愛一朵玫瑰！」

「一朵玫瑰？」

「喔……您什麼都忘記了！您變成了一個和其他人一樣的大人。」

「那您呢，您是一個小孩？這樣可麻煩了，非常麻煩……我知道誰可以幫助您。」他告訴她，同時牽起了她的手。

王子先生把小女孩送去了「重要化中心」。只是，在那裡接待他們的那位陰沉教授，其實並不是真的要幫助她……在這間巨大的倉庫裡，一切不重要的東西都會經過一具看似窮凶極惡的機器，被它的血盆大口吞下去，然後變成重要的東西送出來。於是玩具、書本，所有美好的東西，就這樣被變成了好幾百萬支迴紋針！至於小孩呢，則是會被再教育，改造成順從又嚴肅的大人。等待著小女孩的命運實在是太可怕了……

突然間，王子先生攤開一張他不知道為什麼留在身上好多年的舊圖畫。他全神貫注地看著那張畫……然後他的記憶回來了！他馬上跑去幫助小女孩。然後，兩人在一股巨大勇氣的鼓舞下，一起爬進飛機，自由自在地飛進從來不曾如此星光燦爛的天空。

★ 王子先生從成千上萬顆星星之間認出了 B612 號小行星。然後，他又在可怕的猴麵包樹當中看見了那朵玫瑰花！他們才剛降落，他就匆匆奔向她。他小心翼翼地掀起那個球型玻璃罩，輕輕撫摸一片花瓣，接著是另一片花瓣……然而花瓣卻全部落下，化為塵埃。

「喔，不！」小女孩喊道。

「別哭了。妳看！」此時已經恢復成孩童身體的王子先生對她說。

轉身面對升起的太陽，他欣賞著他的玫瑰填滿了天空。

「我看見她了……」小女孩輕輕說道，讚嘆不已。

「只有用心看才看得清楚。」

然後在玫瑰色的微光中，小女孩離開了小王子，由一群遷徙的候鳥拉著。

隔天早上，在她整理得有條不紊的房間裡，終於為開學做好了準備。不過，上學前，她媽媽先帶她到飛行員被送去的那家醫院。情緒激動的小女孩送給她朋友一個禮物。

　　「我所有的畫作，妳把它們做成了一本書……」他讚嘆道，「太了不起了。」

　　於是她緊緊地抱住他，他在她耳邊溫柔地說了一句悄悄話。

　　「妳會成為一個很棒的大人。」

★小 女孩會長大，不過她永遠不會忘記。她不會忘記飛行員，不會忘記小王子，不會忘記猴麵包樹、玫瑰、狐狸、蛇……她永遠不會忘記述說他們的故事。

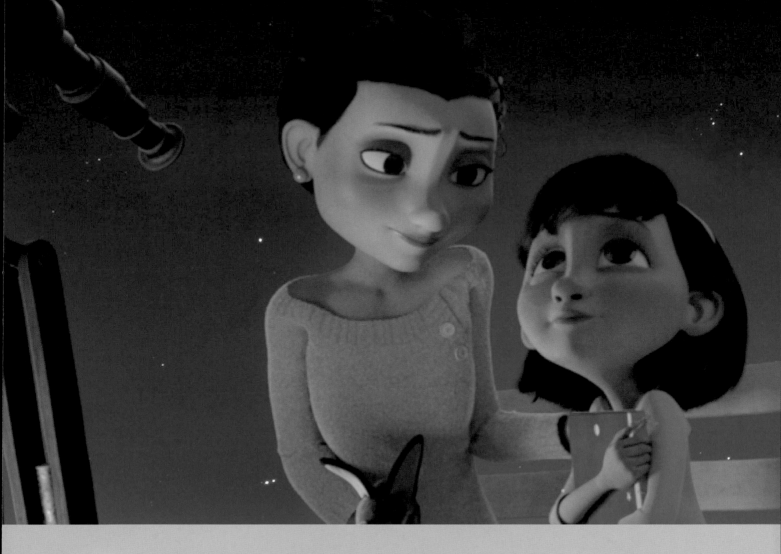

晚上，只要天空夠清澈，她便會和媽媽一起爬上房子的屋頂。

她們在屋頂上架好了一支望遠鏡，然後在星星下歡笑。

「妳看見了什麼？」媽媽問她。

閉上雙眼，小女孩臉上掛著溫柔的微笑回答她：

「我看見了我所有的朋友。」